唐詩宋詞逸事

路人 著

特以此書誌念於　胞妹鄭敏功

卷頭語

中國文學史上的韻文，詩盛於唐而詞盛於宋。歷來談到傳統詩詞，也莫不以唐詩、宋詞為尚。伴隨著唐詩、宋詞的作品，常有一些小故事流傳下來。其中有膾炙人口的佳話趣談，也不乏慷慨激昂或悽惻悲涼的小史。筆者蒐集了一些這類的資料，寫成這本小冊子。

本書之取材，主要出於唐・孟棨《本事詩》、宋・計有功《唐詩紀事》、元・辛文房《唐才子傳》（以上屬唐詩之部），宋・王楙《野客叢書》、明・蔣一葵《堯山堂外紀》、明・楊慎《詩品》、清・徐釚《詞苑叢談》（以上屬宋詞之部）等書。同時也參考新、舊《唐書》與《宋史》，以及各種專集，略加補充。

這些逸事，或未可盡信。但祇要無傷大雅，何妨姑妄聽之。

作者自誌　民國九十年一月

唐詩宋詞逸事

目次

唐詩之部

宋詞之部

唐詩之部

李義府的「不借一枝棲」

李義府，饒陽（河北今縣）人。初時流寓蜀地，為劍南巡察使李大亮所賞識，保薦他到朝中充當門下省一個「典儀」的職位。他的長官黃門侍郎劉洎，見他長於文辭，又向唐太宗力薦。太宗召見面試，指著棲息在殿庭屋角上的烏鴉為題，叫他做詩。他援筆立成，詩云：

日裏颺朝彩，琴中半夜啼。
上林許多樹，不借一枝棲。

太宗大為讚賞，說：「我要給你一株大樹，豈祇一枝而已！」於是立刻超遷他為監察御史。到了高宗初年，竟登上相位（中書令）。然而李義府雖長於文翰，卻生性陰險，人稱其「笑中有刀」。一朝得勢之後，貪贓枉法，得罪長流巂州（今四川西昌）而死，落得一個身敗名裂的下場。

活剝生吞的剽竊詩人

李義府曾有詠美人五言絕句云：

鏤月成歌扇，裁雲作舞衣。
自憐迴雪影，好取洛川歸。

後來有個任棗強（河北今縣）縣尉的張懷慶，將原詩句首各添加二字，成為一首七言：

生情鏤月成歌扇，出意裁雲作舞衣。
照鏡自憐迴雪影，時來好取洛川歸。

這位縣尉最愛篡改名士的詩。當時有人說他是「活剝王昌齡，生吞郭正一」（前者是開元、天寶間的名詩人，後者在高宗時曾為宰相）。

鄭蜀賓的悲情

滎陽人鄭蜀賓，長於五言詩。但懷才不遇，臨老才獲得江南地方一個縣尉的微職。親友們給他餞別，蜀賓在席間口吟：

畏途方萬里，生涯近百年。
不知將白首，何處入黃泉！

聲調哀感，滿座都為之泣下沾襟。後來他竟客死在江南任上。

道士嘲笑名剎失火

唐代釋、道兩教俱盛，卻也不免互相排斥。高宗總章（西元六六八—六六九年）年間，長安城中第一寶剎興善寺（在靖善坊）火災，佛像一時焚燒蕩盡。東明觀道士李榮作詩嘲笑云：

道善何曾善，云興遂不興。
如來燒亦盡，唯賸一群僧。

當時都中人士雖然傳誦這首詩，但也詬病他的幸災樂禍。

王維的凝碧宮詩

安祿山造反，攻下兩都，玄宗倉皇奔蜀。群臣無法隨駕出奔而陷賊的甚眾，俱被迫接受偽官職。王維也在其內。安祿山在凝碧宮大宴徒眾，奏樂的盡是當年玄宗皇帝親自調教出來的「梨園子弟」，演奏的也盡是唐宮御用的樂曲。王維悲不自勝，私底下作了一首詩云：

萬戶傷心生野煙，百官何日再朝天！
秋槐葉落空宮裏，凝碧池頭奏管絃。

後來收復兩京，凡是曾經出任偽官職的臣民，都分「三等」論罪。只有王維，由於這首充滿著傷亂與懷君之情的〈凝碧池〉詩，為肅宗所嘉許而得以宥免。

「不才明主棄」一言得罪

孟浩然初時隱居在襄陽東南的鹿門山。四十歲的時候前往長安，居於南郊的終南山。他曾在太學賦詩，滿座歎賞，沒有人敢和他抗衡。

有一天，張九齡、王維等朝官邀請他到「內署」（皇城內的公署）聚會。適逢玄宗駕到，孟浩然只好躲在床下。玄宗知道了，喚他出來相見，並索觀他的詩。浩然呈上幾篇近作，內有一篇題為〈歸終南山〉，詩云：

北闕休上書，南山歸敝廬。
不才明主棄，多病故人疏。

白髮催人老，青陽逼歲除。
永懷愁不寐，松月夜窗虛。

玄宗看到「不才明主棄」之句，佛然不悅地說：「是你自己隱居不仕，我何嘗棄你！」因而未加拔擢。接著他應考進士又落第，只得再回襄陽，終身落魄。

韓翃的「章臺柳」

韓翃字君平，南陽人，少時就負才名，天寶末年中進士。他為人沉靜，未及第以前，所與交遊的都是一時名士。但家中清貧，蓬門甕牖，四壁蕭然。他的鄰居，住著一個名妓柳氏。一個姓李的武將，是她的常客。每來總邀韓翃共飲。柳氏對李將軍說：「我看韓秀才的為人，一定不是久於貧賤的。你應該資助他。」這位李將軍也是個有心人。他對韓生說：「柳氏雖是風塵中人，卻十分賢德。她對你也非常傾慕，你倆應該結為連理。」韓翃遜謝不遑，那李將軍卻不由分說，厚贈妝奩，用香車將柳氏送歸他家。

不久，韓翃就任淄青節度使侯希逸的幕府從事之職，不便攜眷同行，只得將她暫留在長安。一轉眼過了三年，仍未能接眷。他寄了一首詩給柳氏：

章臺柳，章臺柳！往日青青今在否？
縱使長條似舊垂，亦應攀折他人手！

柳氏答詩云：

楊柳枝，芳菲節。可恨年年贈離別！
一葉隨風忽報秋，縱使君來豈堪折！

後來，柳氏果然被一個名叫沙吒利的立功番將劫去為妾。這個沙吒利恃功跋扈，就連當時的代宗皇帝也要讓他幾分，何況是像韓翃這樣的一個軍中幕僚！因此，韓翃雖隨著侯希逸入朝，回到了長安，卻也無可奈何。

一天，韓翃在酒樓飲酒，座上有一個同在侯希逸帳下的「虞候」（管偵察不法的軍校）叫作許俊。他得知此事，拍拍胸膛說：「只要員外寫個字條給我做憑信，包管你彩鳳歸巢。」這位小將立刻裝束上馬，又另外牽了一匹馬，直奔沙吒利的宅第。這時沙吒利外出未歸。許俊突入府中，拿出韓翃的字條給柳氏看過，載著她並騎而回。於是柳氏仍歸韓生。

「春城無處不飛花」

韓翃離開侯希逸幕府後賦閑十年。宗室李勉鎮守汴州，又徵辟他為幕僚，但不得意。正在窮居無聊之際，有一天夜半，一個在朝供職的友人叩門相訪，向他道賀：「恭喜你高升『知制誥』（皇帝的秘書）的官職，已經是皇上的侍從之臣了！」韓翃愕然道：「你弄錯了吧，那裏輪得到我！」那個友人將經過告訴他：

近來朝中「知制誥」缺人，中書省先後保薦了兩人，德宗都不中意，批下來指定要任用「韓翃」。當時韓翃有兩個，另一個是江淮的現任刺史。中書省又請示是其中那一個。德宗在奏章末尾寫了一首詩：

春來無處不飛花，寒食東風御柳斜。
日暮漢宮傳蠟燭，輕煙散入五侯家。

又在後面批道：「與此韓翃。」

那個友人說：「這難道不是你的詩嗎？」韓翃說：「詩倒是我的不錯。」正在將信將疑之際，第二天果然接到了「駕部郎中・知制誥」的任命，未久又升「中書舍人」。

「一樹春風萬萬枝」

白居易為尚書時，有一個善歌的小妾叫作樊素；又有一個善舞的家妓叫作小蠻。白氏曾有詩云：「櫻桃樊素口，楊柳小蠻腰。」白氏已經年邁，而小蠻正當綺年玉貌，他因而作了一首託意的〈楊柳詞〉云：

一樹春風萬萬枝，嫩如金色軟如絲。
永豐（長安近畿的坊名）東角荒園裏，盡日無人屬阿誰？

宮庭中的樂工唱出了這首詩。宣宗聽了，問是何人所作？永豐在何處？左右一一回奏。宣宗命人取了兩株「永豐柳」移植到宮禁中。白居易知道了，又吟一首詩：

一樹衰殘委泥土，雙枝移種植天庭。
定知此後天文裏，柳宿之中見兩星。

賈島的「僧敲月下門」

賈島字浪仙，范陽（今河北涿縣）人。初時在洛陽的法乾寺為僧，法名無本。後來還俗，力攻詩文，來到長安，打算考個功名。

有一天，他騎驢在街上緩行，偶然得句云：「鳥宿池中樹，僧推月下門」。隨後又覺得「推」字不及「敲」字好，一面思索，一面舉手作推、敲之勢。當時的「京兆尹」韓愈正行過，賈島未察覺，衝撞了儀仗。在那個時代，衝撞了官員的「鹵簿」是要當街受笞刑的。韓愈得知緣由，不但免責，而且替他斟酌說：「用『敲』字好。」又和他並轡而行，談論詩文，十分相得。

從此賈島受知於這位「文起八代之衰」的宗匠，由於他的延譽而聲名鵲起。

朱慶餘與張籍的唱酬

朱慶餘（名可久，以字行）初時並不為人所知。獨有當時朝中官拜水部郎中的張籍對他十分賞識。他作了一首寄意的〈閨情〉詩，向張籍請教，怎樣的作品才能迎合時尚，並獲得考官的青睞：

洞房昨夜停紅燭，待曉堂前拜舅姑。
妝罷低聲問夫婿，畫眉深淺入時無？

張籍答詩云：

越女新妝出鏡心，自知明豔更沉吟。
齊紈未足時人貴，一曲菱歌敵萬金。

大意是說：作詩貴在別出心裁。清新自然的作品，較之綺麗穠艷者更為時人所重。他又挑選了二十六首慶餘的作品，置於懷袖，逢人揄揚。於是慶餘的詩，藉著張籍的聲名而為士人傳抄吟誦，流於海內。

唐代的科舉，例有所謂「通榜」，試卷並不「彌封」。只要是平日有才名的考生，不論場中的詩文是否出色，照樣得到高第。因此，未久朱慶餘即高中進士。

許渾「晚入瑤臺」

許渾字仲晦，先後曾任睦州、郢州等刺史，頗有詩名。

有一次，他夢見登上一座高山，耳邊隱約有聲音告訴他這就是「崑崙山」。山頂一幢高聳入雲的宮殿。他走進去，數人正在飲酒，邀他入座。座中一位名叫許飛瓊（相傳是西王母的侍女）的美女，請他題詩，他未及構思就醒過來。醒後賦詩云：

晚入瑤臺露氣清，坐中唯有許飛瓊。
塵心未盡宿緣在，千里下山空月明。

後來他又夢到舊地重遊。許飛瓊埋怨道：「你為甚麼要向凡間透露我的姓名？」他立刻將第二句改作了「九天吹降步虛聲」。飛瓊微笑點頭說：「這樣就好了。」

情盡橋與折柳橋

雍陶字國鈞，成都人。他初就任簡州（治今四川簡陽）刺史時，送客到城外一處，叫作「情盡橋」。他問何以有此橋名，左右回答：「送迎到此為止，因而名為情盡。」雍陶命筆在橋柱上大書「折柳橋」三字，並題詩云：

從來只有情難盡，何事名為情盡橋？
自此改名為折柳，任他離恨一條條。

折柳橋之名自此始。

劉得仁的坎坷

劉得仁的母親是一位公主，他也可算是金枝玉葉了。但是經過文、武、宣宗三朝，兄弟都已顯貴，而他本人，出入科場三十年，仍是一個「布衣」。他的〈自述〉詩云：

外族帝王是，中朝新故稀。
翻令浮議者，不許九霄飛。

詩中所言「浮議」，依推斷可能是：議者認為免得被人指為偏袒貴冑，就不便讓劉氏兄弟全部登第。

劉得仁死後，許多人都為詩悼念他，同情他所受的屈抑。

「人面桃花」的惆悵

青年的崔護，到長安應考進士失利，清明時節，獨自一個人到城郊閒逛散心。來到一家農舍外面，茅屋土垣，但花木叢萃，十分清幽。門邊一株盛開的桃花，更是綽約多姿。他走得口渴了，因而扣門，想要杯水喝。屋裏響起銀鈴似的聲音，問是甚麼人。崔護報了姓名，並說明口渴求飲的來意。

稍停一會，呀的一聲開了門。一位妙齡女郎，端了一杯水，並攜來一個小凳子放在門邊。崔護道了謝，接過水來慢慢地喝著。一面偷眼打量這位靠著桃樹佇立的女郎，雖是荊釵布裙，卻掩不住她的明豔嬌媚。他忍不住用帶點戲謔的口吻和她搭訕。但女郎並不答話，只是望著他羞澀地微笑。過了片刻，崔護辭去。回到家，總是念念不忘。

帶著歉意說：因為老父外出，家裏沒有別人，不能接待他到屋內坐。

第二年春天，他再遊長安，特地重訪那家農舍。雖然門牆花木如故，桃花也仍舊迎風吐豔，但悄無一人，門扉上還掛了一把鎖。崔護惆悵萬分，題詩云：

去年今日此門中，人面桃花相映紅。
人面不知何處去，桃花依舊笑春風。

「山川滿目淚沾衣」

天寶末年的一個月夜，玄宗登勤政樓，命梨園子弟演奏。樂工唱出一首歌詞：

富貴榮華能幾時？山川滿目淚沾衣。
不見只今汾水上，唯有年年秋雁飛。

這時玄宗年事已高，感於詩中的哀傷語氣，不禁泫然淚下，問是何人所作。左右有人回答：「這是已故的趙國公李嶠（歷仕高宗、武后、中宗、睿宗四朝）之作。」玄宗贊歎道：「李嶠真是個才子！」

第二年，安祿山叛變，玄宗幸蜀，登上了白衛嶺（今四川昭化縣西南，與劍門相接）。舉目四眺，又吟誦這首詩，悲不自勝。身旁的高力士，也陪著不住地揮淚。

「一葉題詩出禁城」

瀟灑多才的顧況，遊歷東都洛陽。一天，在鄰近宮城（唐代的洛陽上陽宮，高宗時所建。南臨洛水，西距穀水）的林苑中遊憩。苑中有一道貫穿宮城而出的「御溝」。他不經意地在流水中拾到一片大梧桐葉，上面題詩云：

一入深宮裏，年年不見春。
聊題一片葉，寄與有情人。

這顯然是出自一位宮女的手筆。

明日，顧況也在梧桐葉上題詩，放入宮城上游的渠水中，詩云：

花落深宮鶯亦悲，上陽宮女斷腸時。
帝城不禁宮中水，葉上題詩欲寄誰？

當然，誰能料到這片桐葉是否能夠流入宮中，又是否能夠到達那位不知名的題詩宮女手中？

過了幾天，竟果然有人在苑中又拾到御溝中流出的一片題詩桐葉，傳到了顧況手中。這首詩是：

一葉題詩出禁城，誰人酬和獨含情？
自嗟不及波中葉，蕩漾乘春取次行。

纊衣題詩的良緣

開元（西元七一三—七四一年）年間，唐玄宗命宮女縫製「纊衣」（綿衣。那時木棉尚未傳入中國，填充用絲綿），發給北方邊軍禦寒——一則是激勵士氣，二則也免得眾多的宮女閑居無聊。一批寒衣到達了北邊。一個士兵發現他所領取到的短袍，衣裏上題有一首詩云：

沙場征戍客，寒苦若為眠？
戰袍經手作，知落阿誰邊？

蓄意多添線，含情更著綿。

今生已過也，重結後身緣。

這個士兵不敢隱瞞，便向長官報告。主帥也據實上奏皇帝。玄宗將這首詩遍示六宮，並說：「這件戰袍與詩的作者，只管直言無隱。我不加罪。」那宮女誠惶誠恐地出來自首認罪。玄宗立刻將她賜婚與那個軍士。他說：「我讓他們兩個無憾地『結今生緣』。」

「怯向雁門寒」的書生

唐代宗時，盧龍節度使（大致轄今河北省北部以至內蒙古南部的地區）朱泚與其弟朱滔，行同盜寇。

朱滔在境內「括兵」。雖然是在那個士、庶階級尊卑分明的時代，他卻是不分青紅皂白，一概拘來當兵。

有一天，他在校場點兵，偶然發現眾多的丁壯中，有一個青年，舉止儀容與眾不同。叫到跟前一問，原來是一位書生，家有妻室。朱滔因命他做一首「寄內」詩。他立刻作成一首五律，詩云：

握筆題詩易，荷戈征戍難。
慣從鴛被暖，怯向雁門寒。
瘦盡寬衣帶，啼多漬枕檀。
試留青黛著，回日畫眉看。

朱滔又叫他代妻作答，他又寫了一首七絕，詩云：

蓬鬢荊釵世所稀，布裙猶是嫁時衣。
胡麻好種無人種，合是歸時胡不歸？

朱滔雖是一個混世魔王，卻也動了憐才之意。賞給他一匹布帛作盤費，放他回家。

「妝罷且徘徊」

唐太宗宮裏有一個徐賢妃，貌美而且多才。有一次，太宗召喚她。等候了很久才見她姍姍來遲，太宗發怒。徐妃呈詩云：

朝來臨鏡臺，妝罷且徘徊。
千金始一笑，一召詎能來。

於是太宗怒解。

薛令之不耐清寒

薛令之，嶺南道長溪（今福建霞浦）人。神龍二年（西元七〇六年）進士及第，授左補闕兼太子侍講。當時所謂「東宮官」最清苦，又難有昇遷機會。令之因有詩云：

明月夜團團，照見先生盤。
盤中何所有？苜蓿長闌干。
飯澀匙難綰，羹稀箸易寬。
只可謀朝夕，那能度歲寒。

唐明皇駕幸東宮，看到了這首詩，心裏滿不高興，以為他存心諷刺。於是拿起筆來，在紙尾批了一首絕句，詩云：

啄木嘴距長，鳳凰毛羽短。
若嫌松桂寒，任逐桑榆暖。

令之只得謝病歸籍。等到太子即位，是為肅宗。下詔徵他入朝，準備重用。但福薄的令之已先過世。

張巡守睢陽詩

唐代安史之亂，張巡、許遠死守睢陽的史事，其壯烈是曠古之所未有，宜乎其流芳百世。但張巡的詩，世人知道的並不多。

當賊氛日熾，孤城單危之際，他作詩激勵將士。詩云：

接戰春來苦，孤城日漸危。
合圍侔月暈，分守效魚麗。
屢厭黃塵起，時將白羽揮。
裹瘡猶出戰，飲血更登陴。
忠信應難敵，堅貞諒不移。
無人報天子，心計欲何施！

又有〈聞笛〉詩云：

岧嶢試一臨，虜騎附城陰。
不辨風塵色，安知天地心。
營開星月近，戰苦陣雲深。
旦夕更樓上，遙聞橫笛聲。

許遠也有文才。守城之初，他作的〈祭纛文〉有句云：

太乙先鋒，蚩尤後殿；
蒼龍持弓，白虎捧箭。

又作〈祭城隍文〉云：

智井鳩翔，危堞龍護。
皆文武雄健，士氣不衰，真忠烈之士也。

都可說是典雅雄壯，兼而有之。

杜牧尋春

杜牧少年登第，恃才放蕩，又頗為好色。他在宛陵郡（治今安徽宣城）供職，聽說吳興郡（治今浙江吳興）多美女，就辭職往遊。吳興刺史素重杜牧的才名，招待得非常豐厚。流連旬日，將要離去的時候，邂逅一個妙齡少女。杜牧一見鍾情，對她母親說，等他十年，發達後前來迎娶。他立下字據，並贈送了一篋「彩結」作為定情物。

十四年後，杜牧出任舊遊之地的湖州（就是吳興）刺史。到任三天，就派人訪尋當年聘定的那個女郎，才知道已經出嫁三年，生了兩個小孩了。自己衍期，懊惱也沒有用。於是賦詩云：

自是尋春去較遲，不須惆悵怨芳時。
狂風落盡深紅色，綠葉成陰子滿枝。

盧嗣業「頻輸復分錢」

唐代長安的平康里，是名妓薈萃之所。貴官鉅賈，多在此飲宴作樂。平康里有個歌妓名叫鄭舉舉，色藝雙絕，人稱「鄭都知」（都知本官名，唐人將管領春風的名妓也叫作「都知」）。她的身價最高。每設一席定價四千錢，「見燭」（入夜）加倍，「新郎」（過夜）再加倍。這樣高的「纏頭」之資，當然不是一般窮措大負擔得起的。

僖宗乾符年間（西元八七四—八七六年），狀元孫偓對她相當傾倒，為了博得她的歡心，常邀友人前往她家捧場。孫偓有個「同年」（同榜進士）叫作盧嗣業，阮囊羞澀，無力應邀參加花酒之會，因而向孫狀元討饒，致詩孫狀元云：

未識都知面，頻輸復分錢。
苦心親筆硯，得志助花鈿。
徒步求秋賦，持盃給暮饘。
力微多謝病，非不奉同年。

詩中的「復分錢」，就是指加倍的花酒錢。

李白醉作宮中行樂詩

李白初到長安時，寓居在旅舍中。在朝任秘書監的賀知章久聞他的詩名，首先造訪。李白拿出旅途中所作的〈蜀道難〉古體詩給他看。知章還沒有看完，就贊不絕口，稱他為「謫仙」。雖身上未帶分文，立刻解下腰間佩帶的金龜換酒，相對痛飲。從此成了莫逆的詩友兼酒友。由於賀知章的引薦，唐玄宗召他到翰林院。看到他喜歡閑散，因而暫時不授他官職，就像「客卿」一般。

有一天，唐玄宗在宮中飲宴作樂，召喚李白進宮作「宮中行樂詩」。這時，李白先已在寧王（玄宗的長兄）府中喝得酊酩大醉。來到皇帝面前，頹然不支。玄宗命內侍磨墨濡筆，遞到他手中。御案上鋪開「朱絲欄」的御用牋紙，並由兩個內侍扶掖他到案前。李白執筆略一思索，就龍飛鳳舞地奮筆直書，一口氣寫下了十首五言律詩。這裏只錄首篇：

柳色黃金嫩，梨花白雪香。
玉樓巢翡翠，金殿宿鴛鴦。

選妓隨鵰輦，徵歌出洞房。
宮中誰第一，飛燕在昭陽。

禪僧不知杜牧

杜牧是長安萬年縣人，弱冠時就連中進士與博學鴻詞兩科，才名傳遍京師。

他曾與友人閒遊，來到城南的文八寺。有一位高齡的禪師擁褐獨坐。眾人和他交談，這位老僧玄言妙語，脫俗超凡，上下古今，所知出人意表。大家都敬佩得很。

他問杜牧的姓名，杜牧告訴了他。他又問杜牧從事甚麼行業，旁邊的人說：「樊川（杜牧的別號）先生是當代的大才子，兩榜進士。同住在城南，你竟不知道？」那禪師看著杜牧笑道：「這些老僧竟不知道。」杜牧回去後，感慨地作了一首詩：

家在城南杜曲旁，兩枝仙桂一時芳。
禪師都未知名姓，始覺空門意味長！

宋之問的「口過」

宋之問在朝，很想謀取一個「北門學士」（唐代翰林院一個參與機要的職官）的職位，但武后不許。宋之問作了一首〈明河篇〉諷示自己的失望。詩中有云：

明河可望不可親，願得乘槎一問津，
更將織女支機石，還訪成都賣卜人。

武則天看到這詩，對身邊的侍臣崔融說：「不是我不看重宋之問的才學，只是他有口過。」宋之問有甚麼「口過」？當時崔融大惑不解。後來才知道：原來武后所謂「口過」，其實是說討厭他的口臭，因而不想讓他太接近身邊。宋之問為此終身慚愧怨憤。

元、白的「千里神交」

元稹和白居易最稱莫逆。元稹為御史，奉旨到梓潼（四川今縣）去查案。其時白居易正與友人遊慈恩寺，花下小酌。他作了一首詩寄給元稹，詩云：

花時同醉破春愁，醉折花枝當酒籌。
忽憶故人天際去，計程今日到梁州。

此時元稹果然已經到達褒城（陝西今縣），進入「梁州」境界。他也不約而同地寄了一首〈夢遊詩〉給白氏，詩云：

夢君兄弟（元氏與白居易、行簡兄弟都相善）曲江頭，正向慈恩院裏遊。
驛吏喚人排馬去，忽驚身在古梁州。

一時傳為佳話，稱作「千里神交」。

「銀花盒」與「金銅釘」

開元（西元七一三—七四一年）年間，宰相蘇味道和「通事舍人」張昌齡都有詩名。暇日相遇，兩人互相嘲謔。昌齡說：「我的詩比不上相公的地方，只是少了一個『銀花盒』而已。」（蘇氏有〈觀燈〉詩云：「火樹銀花合，星橋鐵鎖開。暗塵隨馬去，明月逐人來。」盛傳人口）蘇氏立刻還以顏色道：「你的詩雖沒有『銀花盒』，卻也有『金銅釘』。」（張昌齡有句云：「昔日浮丘伯，今同丁令威」）兩人拍手大笑。

宋之問的〈靈隱寺〉詩

「初唐四傑」之一的駱賓王，佐徐敬業起兵討武后，失敗後亡命江湖，不知所終。若干年後，宋之問因罪貶謫龍川（廣西今縣）後放回，道經錢塘，夜宿靈隱寺，想題一首詩。他得到了起頭兩句：「鷲嶺鬱岧嶢，龍宮隱寂寥」，久久接續不下去，在走廊行吟苦思。

旁邊有一個老和尚正在坐禪，問他為甚麼夜深不寐，還在吟誦不止。老僧知道了他詩思受阻，笑著說：「何不接上『樓觀滄海日，門對浙江潮』，這一來，不是首先描出了這個寺的大景觀麼？」之問大喜，於是續成了首五言排律。詩云：

鷲嶺鬱岧嶢，龍宮隱寂寥。
樓觀滄海日，門對浙江潮。
桂子月中落，天香雲外飄。
捫蘿登塔遠，刳木取泉遙。
露薄霜初下，冰輕葉未彫。
待入天臺路，看余度石橋。

那位老僧代作的一聯，仍是全詩的警句。

第二天宋之問醒來較遲。那位禪師已經離去，原來是一位「掛單」的遊方僧。後來有人說：那就是隱姓埋名，遁入空門的駱賓王。

錢起的〈湘靈鼓瑟〉詩

錢起字仲文，吳興人，是「大曆十才子」（大曆是唐代宗年號。所謂「大曆十才子」是指中唐詩人盧綸、吉中孚、韓翃、錢起、司空曙、苗發、崔峒、耿韋、夏侯審、李端等十人。見新唐書文藝傳。）之一。那一年，他往長安應考，道經京口（今江蘇丹徒），住宿在旅站中。時值月夜，他忽然聽到戶外隱約有吟哦的聲音，仔細一聽，是「曲終人不見，江上數峰青」兩句。開門察看，並不見人影，心中十分詫異。

後來進了考場，詩題是〈賦湘靈鼓瑟〉五言排律。錢起正好用了那夜所聽到的兩句作結語。全詩云：

善鼓雲和瑟，常聞帝子靈。
馮夷空自舞，楚客不堪聽。
苦調淒金石，清音入杳冥。
蒼梧來怨慕，白芷動芳馨。

流水傳湘浦，悲風過洞庭。
曲終人不見，江上數峰青。

主考官李暐見了，不禁擊節歎賞，認為結句更可說是千古絕唱。因而評為最優，高中進士。後人稱這兩句為「鬼詩」。

戎昱詠和親詩

荊南（治今湖北江陵）人戎昱，極有詩才，而且風度翩翩，言談出眾。少年時由於喜愛湖湘山水，因而客居長沙。當時有一個崔姓的御史中丞，有意將國色的女兒許配給他。但不喜歡他那冷僻的姓氏，要求他先改姓。戎昱吟詩謝絕云：「千金未必能移姓，一諾從來許殺身。」

憲宗時吐蕃入寇，邊烽緊急。有大臣倡議和親，憲宗很不以為然。因說：「最近讀到了一首詩，作者的姓氏較不常見，一時想不起來。」宰相李絳列舉了「冷朝陽、包子虛」等數人，憲宗都說不是。最後他唸出了那首詩，大家才知道是戎昱的一首〈詠史〉詩。詩云：

漢家青史上，計拙是和親。
社稷依明主，安危託婦人。
豈能將玉貌，便擬靖胡塵！
地下千年骨，誰為輔佐臣！

憲宗又正色地說：「敵寇入侵，卻有人想要將國家的安危，寄託在一個弱女子的身上，豈不慚愧！」

李端賀郭駙馬詩

李端是趙州（今河北趙縣）人，少時就有詩名。其時，郭子儀之子郭曖，娶的是昇平公主，貴為「駙馬都尉」。夫婦倆都愛好風雅，延納才士。李端初到長安，也是駙馬府中的上客。郭曖晉封侯爵，設宴慶祝，大會賓客。酒酣之餘，昇平公主請大家賦詩。李端揮筆立成，詩云：

青春都尉最風流，二十功成便拜侯。
金距鬥雞過上苑，玉鞭騎馬出長秋。
薰香荀令偏憐小，傅粉何郎不解愁。
日暮吹簫楊柳陌，路人遙指鳳凰樓。

一座都贊賞不置，公主更是高興。座中有一位官拜尚書省考功員外郎的錢起，懷疑他是宿構，因說：「你能用我的姓為韻，再做一首嗎？」李端立刻依言再做一首，詩云：

方塘似鏡草芊芊，初月如鉤未上弦。
新開金埒看調馬，舊賜銅山許鑄錢。
楊柳入樓吹玉笛，芙蓉出水妬花鈿。
今朝都尉如相顧，願脫長裾逐少年。

滿堂賓主，無不驚服。公主厚贈他金帛以為潤筆。

「三到鳳池」的張登

張登初時隱居，孤高自賞。雖是布衣短褐，而慕名與他結交的都是縉紳之士。後來入仕，做到漳州刺史。

他告老後寓居長安。一天，輕車出遊，回城時已經天黑。守城門的關吏，捧著「水牌」請他寫下官職（古時入夜關閉城門。除高級官吏可以留名喚開城門外，餘人不得出入）。他乘醉大書：

閑遊靈沼送春回，關吏何須苦見猜。
八十老翁無品秩，三曾身到鳳池來。

原來他曾經在朝歷任廷尉平、監察御史、殿中侍御史三個官職，都是掌管司法和監察。也難怪他有這樣的狂氣了。

詩人遇雅盜

李涉，洛陽人。早年隱居在廬山香爐峰下，詩名遠布。

有一次，他在九江皖口地方遇到強盜，嚇得伏在地上不敢動。當盜首知道他是李涉時，笑道：「若是『李山人』，我就不要你的財物，只要送我一首詩好了。」李涉欣然寫道：

暮雨瀟瀟江上村，綠林豪傑夜知聞。
他時不用藏名姓，世上如今半是君。

盜首接過詩牋，高興得很，道謝而去。這回卻給了李涉一個借題發揮諷刺社會的題材。

白居易的詠草詩

二十來歲的青年詩人白居易，初到長安，帶著自己的詩卷去見官居著作郎的顧況。這位前輩是當時的名詩人，恃才傲物，對他人很少推許。

他看到白居易的名刺，打趣地說：「長安百物昂貴，居大不易！」但當他開始翻閱詩卷，見到一篇題為〈草〉的五言律詩時，連忙改口說：「做得出這樣的好詩，居天下都不難。我剛才的話是開玩笑的。」

白居易的原作是：

離離原上草，一歲一枯榮。
野火燒不盡，春風吹又生。
遠芳侵古道，晴翠接荒城。
又送王孫去，萋萋滿別情。

殷堯藩的柘枝舞娘詩

潭州（治今湖南長沙）刺史李翺宴客，招樂妓表演「柘枝舞」（盛行於唐宋的一種舞蹈。歌舞相應，有後世歌劇的雛形。）娛賓。

座中有一個叫殷堯藩的詩人，曾在已故的蘇州刺史韋應物的幕府供職。他發現對舞的兩個舞女中，有一個竟是韋刺史愛妾所生的女兒——想不到竟流落江湖。因而賦詩為贈云：

姑蘇太守青娥女，流落長沙舞柘枝。
滿座繡衣皆不識，可憐紅粉淚雙垂。

大家知道了，都深為太息。於是李翱替她贖身「除籍」，並為媒將她嫁與一位士人。遠在長安的詩人舒元輿聞說這件事，寄詩贊揚李翱與殷堯藩的義舉。詩云：

湘江舞罷忽成悲，便脫蠻靴出絳帷。
誰是蔡邕琴酒客，魏公懷舊嫁文姬。

（東漢末年，蔡邕歿後，其女文姬在戰亂中被匈奴擄去。曹操原與蔡邕有舊。為丞相時，出資將她贖回，並為媒將她嫁與一個部屬為妻。）

齊已的「一字師」

詩僧齊已（俗姓胡，名得生。長沙人）帶著詩稿去給名詩家鄭谷看。中有一首詠〈早梅〉的詩，起首云：「前村深雪裏，昨夜數枝開。」鄭谷說：「數枝就不算早了，不如改作『一枝』。」齊已拜服不止，說：「你真是我的『一』字師！」

「蓮花」與陳陶的唱酬

陳陶字嵩伯，鄱陽人。應考進士落第，到洪州（治今江西南昌）的西山學道，自稱「三教布衣」。當時的豫州刺史嚴宇，非常敬仰他，不時地帶著齋供，上山相訪論道。不知是為了怕他寂寞或是試探他，嚴宇派遣了一個名叫蓮花的妓女到山上去服侍陳陶。那知陳陶卻像柳下惠一般，絕不沾染她。倒是惹得蓮花生氣了，賦詩云：

蓮花為號玉為腮，珍重使君送妾來。
處士不生巫峽夢，虛勞雲雨下陽臺。

陳陶答詩云：

近來詩思清如水，老去風情薄似雲。
已向升天得門戶，錦衾深愧卓文君。

於是送她下山。

「萬里橋邊女校書」

薛濤字洪度，長安人。少時隨為官的父親入蜀。父死，流落成都為歌妓。她精通翰墨，能詩，長於口才。所交遊的都是當地的高官與名士。元稹奉使入蜀，任劍南節度使兼成都尹的嚴武命她擔任接待。元稹返長安後，寄詩給她云：

錦江滑膩峨嵋秀，幻出文君與薛濤。
言語巧偷鸚鵡舌，文章分得鳳凰毛。
紛紛詞客皆停筆，個個公侯欲夢刀。
別後相思隔煙水，菖蒲花發五雲高。

武元衡為相時，上奏賜她以「校書」的官銜。後世校書就成了高級妓女的別稱。薛濤中年以後，卜居於成都南郊萬里橋附近的浣花里。詩人胡曾贈以詩云：

萬里橋邊女校書，枇杷花下閉門居。
掃眉才子知多少，管領春風總不如。

蘇頲少小露才華

有一天，一位訪客坐在宰相蘇瓌官邸的客廳裏等候主人出見。他看到庭中一個少年放下手中的掃帚匆匆離去，懷中掉下一張牋紙。拾起來一看，上面寫著一首詩，題為〈詠崑崙奴〉

（唐、宋時常用中南半島與南洋一帶膚色黝黑的馬來人為奴僕，叫作「崑崙奴」），想是那個少年所作。中有一聯云：「指如十挺墨，耳似兩張匙。」頗為傳神有趣。少頃，蘇瓌出來見客，談起來才知道那個少年是他的一個「庶」子，名叫蘇頲。那位客人大加贊賞，以為小小年紀，就有這樣的詩才，他日未可限量。

蘇瓌從來沒有十分重視過這個孩子。從此才漸漸地親近了些。一天，家人獵取了一隻野兔，高掛在竹竿上。蘇瓌指此為題，叫他作詩。他出口成章地吟道：

兔子死蘭彈，持來掛竹竿。
試將明鏡照，何異月中看。

蘇瓌異常驚訝他的捷才，日後蘇頲進步神速，文章出眾。中進士後，官運又一帆風順。到了開元年間，也像他父親一樣登上了宰相的寶座。

「知道浮雲不久長」

元載初入仕途時，並不得志。他娶了河西節度使王忠嗣的女兒王韞秀，兩口子都住在岳家。做岳父的看他沒有大的作為，對他漸生不滿。韞秀勸他出去謀發展，他於是決定去長安，為詩留別愛妻云：

年來誰不厭龍鍾，雖在侯門似不容。
看取海山寒桂樹，苦遭霜霰受秦封。

韞秀答詩云：

路掃飢寒跡，天哀志氣人。
休零離別淚，攜手入西秦。

因而相偕入都。

元載到了長安，一連數次向朝廷上書，建言興利除弊的時務。勵精圖治的肅宗非常看重他，不斷破格拔擢，不數年就由「祠部員外郎」躋身「同中書門下平章事」（宰相的職稱）的高位。

元載連任肅宗、代宗兩朝宰相，權勢炙手可熱。韞秀又為詩提醒他，榮華富貴難以長久，並規勸他要禮賢下士，為國求材。詩云：

楚竹燕歌動畫樑，春蘭重換舞衣裳。
公孫開館招賢客，知道浮雲不久長。

但元載後來終以貪贓枉法的大罪受誅。依當時的法律，他的妻女要沒入宮庭為奴婢。王氏說：「我一生二十年身為節度使之女，十六年為宰相之妻，豈能受此大辱！」於是自殺而死——一說是逮到京兆府笞斃。

劉禹錫「探驪得珠」

長慶年間（西元八二一——八二四年），元稹、白居易、劉禹錫、韋應物四位詩壇巨擘在長安，可說是唱酬無虛日。

一天，四人齊集在白居易家中聚會，談論到南朝史事，因而相約以〈金陵懷古〉為題，各做一首詩。劉禹錫乾了一滿杯酒，立刻提筆寫了一首七律，詩云：

王濬樓船下益州，金陵王氣黯然收。
千尋鐵鎖沉江底，一片降幡出石頭。
人世幾回傷往事，山形依舊枕寒流。
今逢四海為家日，故壘蕭蕭蘆荻秋。

白居易見了，說道：「四個人一同探尋驪龍，如今驪珠已經被你捷足先得。賸下一些鱗爪，有甚麼用！」於是其餘三人都擱筆。

玄都觀的桃花

唐德宗貞元（西元七八五—八〇五年）末年，劉禹錫在朝中為屯田員外郎。這時，座落在長安崇業坊的玄都觀還沒有甚麼花木。

後來，他出任連州（治今四川筠連縣）刺史，因「王叔文案」（唐貞元二十一年—西元八〇五年——德宗崩，順宗即位，因病不能親政。數月間，翰林學士王叔文用事，結黨營私，朝政大壞。翌年順宗崩，憲宗即位。貶黜叔文，治其黨。牽連甚眾。）貶為朗州（治今湖南常德）司馬。十年後方得召回京師。他與友人重遊玄都觀，看到十餘年前他離京後道士所種的桃林，正在盛開，「滿觀如紅霞」。此時，心裏又想到目前滿朝新貴，竟沒有一個是當年的同僚，因而有感，為詩云：

紫陌紅塵拂面來，無人不道看花回。
玄都觀裏桃千樹，盡是劉郎去後栽。

未久，他又被放逐。再隔十四年，重回長安。這時，玄都觀裏的桃林，又歸於烏有。只見兔葵、燕麥，在春風中搖拂而已。他心中更充滿了滄桑之感，於是再作詩云：

百畝庭中半是苔，桃花落盡菜花來。
種桃道士歸何處？前度劉郎今獨來。

唐文宗的悲哀

唐文宗太和九年（西元八三五年），宰相王涯、舒元輿、李訓與鳳翔節度使鄭注等合謀誅宦官，事敗後反為權宦仇士良等所誣殺。從此仇士良一黨的宦官更為專恣。文宗形同囚徒，一言一動都受監視，羣臣更不敢接近，他終日只有喃喃自語。處在這種情形之下，雖有登臨遊幸，也未嘗以為樂事。因而題詩云：

輦路生春草，上林花滿枝。
憑高何限意，無復侍臣知！

春日牡丹盛開，文宗臨幸賞花。左右有人吟誦：「拆者如語，含者如咽，俯者如愁，仰者如悅。」文宗問知這四句韻語原是舒元輿所作，不覺歎息，泣下霑襟。

李白〈哭晁卿〉詩

日本人阿倍仲麻呂，十六歲時來中國留學，改姓名為晁衡。學成後留在中國，唐玄宗擢用他為秘書監的官職。他有詩才，與李白、王維等友善，時相唱酬。晁衡思念祖國，後來又隨「遣唐使」返國。船在海中遭遇風暴，消息傳到長安，都說晁衡已經溺死。李白哭以詩云：

日本晁卿辭帝都，征帆一片繞蓬壺。
明月不歸沉碧海，白雲愁色滿蒼梧。

但事實上晁氏大難不死，隨船漂流到了安南。再輾轉回到長安復官。後來受封「北海郡公」，終老中國，享齡七十。

柳宗元柳州種柳

柳宗元因「王叔文案」貶為柳州（治今廣西馬平）刺史。姓氏與州名吻合，當時未嘗不是新當權的執政者所開的一個小玩笑。他到任後更幽默地在柳江邊大栽柳樹。並作詩云：

柳州柳刺史，種柳柳江邊。
談笑為故事，推移成昔年。
垂陰當覆地，聳幹會參天。
好作思人樹，慚無惠化傳。

但不知今日的柳江邊，還有他的手澤存否？

碧紗籠詩

王播少小孤貧，青年時曾寄居在揚州惠照寺的木蘭院中。每天聽到敲吃飯鐘就出來隨著僧眾進食。久之，和尚們討厭這個吃白食的窮小子，就在大家吃完了飯後再敲鐘，讓他撲個空。王播愧恧，乃在寺壁題詩一首寄意（其詩不傳）。

三十年後，王播早已飛黃騰達，並出任揚州總管。他再來到惠照寺，看到昔日他在寺壁的題詩，都已經用碧紗護著。感而再題兩首詩：

三十年前此舊遊，木蘭花發院新修。
如今再到經行處，樹老無花僧白頭。

上堂已了各西東。慚愧闍黎飯後鐘。
三十年來塵撲面，而今始得碧紗籠。

「錢塘江口無錢過」

周匡物字幾本，潭州（今湖南長沙）人，寄寓浙東。詩名甚著而家境清貧，只得徒步前往長安赴考。到了錢塘江邊，因為付不起船資而不能渡江，無奈地在江邊郵亭題了一首詩：

萬里茫茫天塹遙，秦皇底事不修橋。
錢塘江口無錢渡，又阻西陵兩信潮。

郡守知道了，斥責管理渡口的小吏，並給他以資助，使他能夠成行。

周匡物到了長安，果然一舉成名，中了元和十一年（西元八一六年）的進士。

「新從戰地來」的楊汝士

唐代的世族，素來重京官而輕外任。楊汝士外放劍南東川節度使，掌轄全四川的軍政大權，獨當方面。但他並不以為榮。一日，偶遊山寺，作詩自嘲云：

拋卻弓刀上砌臺，上方樓殿翠雲開。
山僧見我衣裳窄，知道新從戰地來。

楊汝士壓倒元白

寶歷（西元八二五—八二六年）年間，退休後以「左僕射．太子太傅」的高位在弘農（今陝西靈寶縣南）家居的楊於陵赴長安入覲。他那在朝官拜禮部侍郎，知制舉（開科取士的主考官）的兒子楊嗣復，率領了六十餘名新科的「貢士」（準進士）到潼關恭迎，在新昌里設宴接風。會中都是當代名流。

楊太傅坐首席，嗣復與諸「門生」分兩翼陪侍。當時的詩壇祭酒元稹和白居易等則位居「賦詩席」之首。

席間詩人楊汝士的賀詩最先作成，元、白兩人看了後都失色，不敢再提筆。汝士這天喝得酊酩大醉，回到家中，對子弟們說：「我今天壓倒元、白！」其詩云：

隔座應須賜玉屏，盡將仙翰入高冥。
文章舊價留鸞掖，桃李新蔭在鯉庭。
再歲生徒陳賀宴，一時良吏盡傳馨。
當年疏廣雖云盛，詎有茲筵醉綠醽！

廖有方鬻馬瘞旅

唐元和十年（西元八一五年）廖有方應考進士落第，由長安赴蜀，路過寶雞（陝西今縣）。夜間投宿旅店，聽到隔壁有呻吟的聲音，過去探問，原來也是一個落第的士人，身患重病。他斷斷續續地訴說：數次去長安求取功名，都失望而歸。如今命在須臾，連骸骨都沒人相託了。言畢淚下如雨，已不能出聲。未久，就斷了氣。身後不名一文，連姓名也不知道。

第二天，有方賣去了自己所騎的馬，買了副棺木將這個死者埋葬了。並弔以詩云：

嗟君沒世委空囊，幾度勞心翰墨場。
半面為君申一慟，不知何處是家鄉。

像這樣的義士，何等難得！廖有方是交州（今兩廣與越南北部）人。受知於柳宗元，柳氏曾作序贈他。

崔鉉幼年的〈蒼鷹〉詩

崔鉉兒時隨著父親元畧去見當時的宰相韓滉（官拜左僕射．同平章事），韓滉早就聽說他聰明，於是指著架上的蒼鷹為題叫他做詩。他吟道：

天邊心膽架頭身，欲擬飛騰未有因。
萬里碧霄終一去，不知誰是解條人。

韓滉驚訝道：「小小年紀，就有這樣的詩才和口氣，真可說是前程萬里。」

後來崔鉉果然少年登第。歷文、宣、懿宗三朝，出將入相，封「魏國公」。

白樂天不作巫山詩

白居易自忠州（治今四川忠縣）刺史調任蘇州刺史。乘船經三峽順流而下。當時秭歸（四川今縣）縣令繁知一知道他必將經過巫山，於是將巫山神女祠的一大片殿壁重新粉刷，留待樂天題壁。並且先大書一首詩云：

忠州刺史真才子，行到巫山必有詩。
為報高唐神女道：速排雲雨候清詞！

白氏到達後，對繁知一說：「當年劉郎中禹錫，居白帝城（四川奉節縣東）三年，一首詩都沒有作。離蜀回京時，將神女祠壁上歷來題詩千餘首全部抹掉，只留下沈佺期、王無競、皇甫冉、李端四人各一首。如今珠玉在前，那有容我續貂的餘地！」他邀同繁知一將壁上留下的四首詩讀過一遍，終於不著點墨地離去。

壁上留下的四首詩之中又以李端（字藥王，西元七三二—七九二年）的一首五律最為出色。詩云：

巫山十二重，皆在碧空中。
迴合雲藏日，霏微雨帶風；
猿聲寒度水，樹色暮連空。
悲向高唐去，千秋見楚宮！

裴潾詠白牡丹詩

長安慈恩寺的牡丹花最為有名。每年三月中旬起，牡丹盛開，遊人如織。寺內各院花期先後不同。以元果院紫色的最先吐豔。等到太平院的白牡丹開放時，則花事已近尾聲了。

河東（今山西省）人裴潾，作了一首白牡丹詩題在寺壁。詩云：

長安豪貴惜春殘，爭賞先開紫牡丹。
別有玉杯承露冷，無人起就月中看。

唐文宗臨幸慈恩寺，見到了這首詩，吟誦再三，很多隨行的宮嬪也跟著記誦。等到日暮回鑾，這首詩已經傳遍了六宮。

腸斷一聲河滿子

故國三千里，深宮二十年。
一聲河滿子，雙淚落君前。
自倚能歌曲，先皇掌上憐。
新聲何處唱，腸斷李延年。

張祜所作的這兩首〈宮詞〉，傳入了宮禁。

唐武宗病篤，對他最寵愛的妃子孟才人說：「我死後你怎麼辦？」孟氏指著身邊的「笙囊」說：「用這個袋子來自縊。」皇帝聽了更感到淒然。孟氏又說：「皇上平日喜歡聽我唱歌，現在讓我獻唱一曲。」於是忍著淚唱張祜這兩首〈河滿子〉。

不料還未終曲，孟氏就氣咽斷腸而死。張祜知道了，感歎不已。又作一首詩云：

偶因歌態詠嬌嚬，傳唱宮中十二春。
卻為一聲河滿子，下泉須弔孟才人。

「第一仙人許狀頭」

士人盧儲拿著自己的詩文投謁廬州刺史李翺。李翺雖然十分禮待他，但收下文稿並沒來得及閱覽。他那正當及笄之年的長女，偶然到前廳，看到几案上的詩卷，翻開看了數篇，對身旁的侍女說：「這樣的高才，必中狀頭（元）。」這話傳到了他父親耳中，這才拿起盧儲的文字來看，果然不凡。於是請幕客作媒，將長女許配他為妻。

第二年盧生果然狀元及第。新婚之夕，他作催妝詩云：

昔年將去玉京遊，第一仙人許狀頭。
今日幸為秦晉會，早教鸞鳳下妝樓。

高崇文的打油詩

高崇文出生在幽州（今山東益都縣一帶），先世是渤海國人。他是個行伍出身，質樸少文。以平定劉闢之亂的功勞，擢授西川節度使。

他為邊將時，冬日飛雪，看到幕客們賞雪吟詩，不覺也動了詩興。他對大家說：「我雖是一介武夫，今天看到雪景，卻也有了一首詩。於是高吟道：

崇文崇武不崇文，提戈出塞號將軍。
那個髆兒射雁落，白毛空裏亂紛紛。

令人納悶的是：詩中的「髆（字書所無）」兒到底是甚麼？大家向他請教，他笑道：「這是渤海土話，就是『人兒』的意思——你們做詩不是也愛換字眼兒麼？」

陳陶的哀南詔入寇詩

唐文宗太和三年（西元八二九年），杜元穎為西川節度使，軍政廢弛，引起南詔入侵。蠻兵攻入成都，盤踞城西十餘日，擄掠婦女財物無數南歸。到了大渡河（四川西部南北走向的一條河流，上游為大金川）畔，對俘虜們說：「渡過此河就是我國境地。你們離別祖國，要哭就哭吧！」被俘的漢人都放聲痛哭，投水而死的十之二三。

蜀人陳陶在蠻兵初退時為詩云：

但見城池還漢將，豈知佳麗屬蠻兵。
錦江南渡遙聞哭，盡是離家別國人。

後來聞說被俘的漢人已被驅渡大渡河，又吟詩云：

大渡河邊蠻亦愁，漢人將渡盡回頭。
此中郵寄相思淚，南去應無水北流。

「初騎竹馬詠芭蕉」的路德延

路德延少年時有一首〈詠芭蕉〉詩云：

一種靈苗異，天然體性虛。
葉如斜界紙，心似倒抽書。

詩成之後，第二天就傳遍了都城。朝中的公卿都譽他為神童。但是由於他的叔父路巖為宰相時以貪賄獲罪，因而妨礙了他的前程。直到光化（西元八九八—九〇〇年）初年才獲得貢舉，考中進士。於是他作了一首〈感舊〉詩：

初騎竹馬詠芭蕉，嘗忝名卿誦滿朝。
五字便容趨絳帳，一枝尋許折丹霄。
豈知流落萍蓬遠，不覺推遷歲月遙。
國境未安身未立，至今顏巷守簞瓢。

得貓狗之力升官

盧延讓在王建（僭位稱蜀帝）朝中為官。他常用俗話瑣事入詩，信手拈來，都成名句。例如：「餓貓臨鼠穴，饞犬舐魚砧」；「兩三條電欲為雨，七八個星猶在天」；「吟安一個字，撚斷數莖鬚」等斷句，都為人所傳誦。

一個冬夜，王建與大臣潘峭研商要事，命宮人在火爐裏燒栗子吃。有幾顆栗子爆出來燒壞了地毯。又有一次，他叫兩個妃嬪在房裏烹茶。貓兒打架，把盛茶水的金鼎打翻，潑了一地。他因而想起了曾讀到過盧延讓的「栗爆燒氈破，貓逃觸鼎翻」之句，深讚他的詩「言無虛境」。明天，立刻將他從「給事中」的官職擢升為工部尚書。

延讓自嘲道：「想不到我升官竟得貓狗之力！」

「為詩會卻難」

唐代應考進士的「舉人」，為了營造聲譽，往往先拿自己平日的作品，投獻於當道，叫作「行卷」。裴說拿了十九首自認為最得意的五言詩去行卷。落第後次年「行」的仍是這十九首。人家譏笑他，他說：「連這十九首，都不能見知於人，其他的又有甚麼用？」

他作詩長於五言，用功極深，又謹守格律，絕不草率。他有詩云：

莫怪吟詩苦，詩成鬢亦絲。
鬢絲猶可染，詩病卻難醫。
山暝雲橫處，星沉月側時，
冥搜不可得，一句至公知。

可見他作詩所下的苦功。他又有斷句言作詩的甘苦云：「苦吟僧入定，得句將成功」；「凡事精皆易，為詩會卻難」。

「羸角觸藩」

楊收字藏之，江東人。幼時就有神童之譽，年長後詩名更遠播遐邇。慕名的登門求詩，把他的牆都擠壞了。他賦詩嘲笑他們，詩云：

爾幸無羸角，何用觸吾藩！
若是升堂者，還應自得門。

程賀的君山詩

崔亞為眉州（治今四川眉山縣）刺史，看到衙署有個叫程賀的僕役，舉止儀態與眾不同，問他可曾讀書，他答稱「薄涉藝文」。崔亞指物為題叫他吟詩，所作的詩也頗有意境。於是叫他攻讀應考，並逢人延譽。但他運氣不佳，經過了二十五次的薦舉才考上中和二年（西元八八二年）的進士。後來崔亞亡故，程賀為他服喪三年，以報答他的知遇。

程賀傳世的作品，有〈君山詩〉云：

曾遊方外見麻姑，說道君山自古無。
云是崑崙山頂石，海風飄落洞庭湖。
（君山在洞庭湖中，又名湘山。）

因此當時相識者稱他為「程君山」。

溫憲的書憤詩

溫庭筠字飛卿。生平好作豔情的詩詞，又時常諷刺朝政，傲毀公卿，為人所不喜。因此終身不得志。

他的兒子溫憲，也很有文才。但因為朝士們對他父親不滿而壓抑他。多次應試進士，都遭黜落。他氣忿不過，於是在長安崇慶寺壁題了一首詩：

十口溝隍待一身，十年千里絕音塵。
鬢毛如雪心如死，猶作長安下第人。

直到有一年的一個「國忌日」，宰相鄭延昌到崇慶寺行香，看到了他的題詩，十分憐憫。回朝後特別交待「知制舉」的趙崇，務必要取錄他，不可遺落。溫憲這才得以登進士第。

張蠙寺壁題詩

張蠙字象文，唐末人，幼年詠單于臺詩有云：「白日地中出，黃河天上來。」被目為神童。曾任櫟陽（今陝西臨潼縣北）縣尉。後來避亂入蜀，為金堂縣令。王衍（繼其父王建僭蜀帝）之母徐太后遊成都大慈寺，看到寺壁題詩有「牆頭細雨垂纖草，水面回風聚落花」之句，大為贊賞。知是張蠙所作，於是賜以珍貴的「霞光牋」，命他寫詩進呈。張蠙獻上二百餘首。王衍召他入朝，任「知制誥」的職務。

王貞白的御溝詩

唐末的名詩人王貞白，字有道。曾作〈御溝詩〉云：

一派御溝水，綠槐相蔭清。
此波涵帝澤，無處濯塵纓。

鳥道來雖險，龍潭到自平。

朝宗心本切，願向急流傾。

詩成，自謂是無疵可摘。拿去給好友詩僧貫休看。貫休說：「好是好，只有一個字要改。」貞白不悅，拂袖而去。貫休料到他一定會領悟過來，暗地在掌心寫一個字等著。不一會，貞白急急奔回說：「我把第三句改作了『此中涵帝澤』。」貫休微笑，張開手掌給他看，掌心正是一個「中」字。

羅隱重見雲英

羅隱是唐末新登（浙江今縣）人。本名橫。十上長安考不到一個功名，因而改名，在池州（今安徽貴池縣）的梅根浦地方隱居。

他早年曾在鍾陵（今江西集賢縣）結識舞姬雲英。十多年後舊地重遊，又在宴會中相逢。

羅隱贈詩云：

鍾陵醉別十餘春，重見雲英掌上身。
我未成名君未嫁，相看同是不如人。

貫休的〈公子行〉

貫休是唐末有名的詩僧，俗姓姜，名德隱。婺州蘭溪（今浙江金華）人。雲遊入蜀，其時王建僭位稱帝，待他極為禮遇。

一天，朝中舉行宴會，貴戚滿座，頗多是十足紈袴氣息的青少年。貫休也受邀參加。王建叫他即席吟詩。他信口吟成一首〈公子行〉，詩云：

錦衣鮮華手擎鶻，閒行氣貌多輕忽。
稼穡艱難總不知，五帝三王是何物！

王建贊賞不置，但座中那些游手好閒，不學無術的貴胄子弟們，卻又氣又恨。

宋詞之部

宋祁與張先的締交

張先（字子野）的詞與柳永齊名，他初到汴京，任都官郎中之職。當時官拜工部尚書的宋祁（字子京）慕他的才名，紆尊前往見他。進了門，僕人傳話道：「尚書來拜會『雲破月來花弄影』郎中。」張先從屏風後高聲問：「莫非是那位『紅杏枝頭春意鬧』尚書？」兩人相見，談飲甚歡，成為莫逆之交。

張先的〈天仙子〉詞云：

水調數聲持酒聽，午睡醒來愁未醒。送春春去幾時回，臨晚鏡，傷流景。往事悠悠空記省。　沙上竝禽池上瞑，雲破月來花弄影。重重翠幕密遮燈，風不定，人初靜，明日落紅應滿徑。

宋祁的〈玉樓春〉詞云：

東城漸覺春光好，縠縐波紋迎客棹。綠楊煙外曉寒輕，紅杏枝頭春意鬧。浮生長恨歡愉少，肯愛千金輕一笑！為君持酒勸斜陽，且向花間留晚照。

賀「梅子」

賀鑄（字方回）〈青玉案〉詞云：

淩波不過橫塘路，但目送芳塵去。錦瑟年華誰與度？月臺花榭，瑣窗朱戶，惟有春知處。　碧雲冉冉蘅皋暮，彩筆新題斷腸句。試問閒愁都幾許？一川煙草，滿城風絮，梅子黃時雨。

黃山谷曾有詩云：「解道江南斷腸句，世間只有賀方回。」可見他是如何地讚賞。由於這首詞的出名，因而人稱他為「賀梅子」。賀鑄頭髮稀少。他的好友郭祥正（字功甫）調侃他，指著他的髮髻說：「這才真是賀『梅子』！」

宋齊愈的詠梅詞

宋齊愈號退翁，宣和年間（一一一九—一一二五年）在太學為官。徽宗召對，向他說：「你的文章，素有新奇之譽。現在我要你做一首詠梅的詞。必須是用他人未曾說過的字句，詞中也不可出現『梅』字。」少頃，齊愈呈上一闋調寄〈眼兒媚〉的詞，詞云：

霏霏疏影轉征鴻，人語暗香中。小橋斜渡，曲屏深院，水月濛濛。　人間不是藏春處，玉笛曉霜空。江南處處，黃垂密雨，綠漲春風。

次日，徽宗對近臣說：「宋齊愈的詞，不但是沒有一句落陳套，而且從花開說到結子黃熟，連天色也描述到，簡直是說盡了。」

「一鉤殘月帶三星」

秦少游曾有一首贈歌妓陶心兒的〈南歌子〉詞云：

玉漏迢迢盡，銀潢淡淡橫。夢回宿酒未全醒。已被鄰雞催起，怕天明。　臂上妝猶在，襟間淚尚盈。水邊燈火漸人行。天上一鉤殘月，帶三星。

末句不著痕跡地暗藏一個「心」字的密碼，免得他人假冒受贈者。

范仲淹的邊愁

以「先天下之憂而憂，後天下之樂而樂」為抱負的范仲淹，統兵鎮守延安（陝西今縣）。他雖是個文人，卻頗能用兵，為西夏人所畏，說：「小范老子胸中有數萬甲兵。」他有一首詠邊愁的〈漁家傲〉詞云：

塞下秋來風景異，衡陽雁去無留意。四面邊聲連角起。千嶂裏，長煙落日孤城閉。濁酒一杯家萬里，燕然未勒歸無計。羌笛悠悠霜滿地。人不寐，將軍白髮征夫淚。

詞意蒼涼，充分地道盡了作為一個邊鎮主帥的沉重心情。但歐陽修譏笑他是「窮塞主」，誇說自己所作的「戰勝歸來飛捷奏。傾賀酒，玉階遙獻南山壽」之句才表現出「真元帥」。其實這幾句俗套的冠冕話，怎能與「小范」之作同日而語！

歐陽修的「山色有無中」

歐陽修知揚州時，在城西北大明寺旁建了一座「平山堂」，頗得登臨遊覽之勝。他作有一首〈朝中措〉的詞云：

平山闌檻倚晴空，山色有無中。手種堂前楊柳，別來幾度春風。文章太守，揮毫萬字，一飲千鍾。行樂直須年少，樽前看取衰翁。

有人說：從平山堂眺望江東諸山，相距很近，怎麼會在「有無中」？這是由於「醉翁」近視之故。

後來蘇東坡有一首〈快哉亭〉詞：

長記平山堂上，攲枕江南煙雨，杳杳沒孤鴻。認得醉翁語：山色有無中。

他說是：因為在煙雨中，故此山色若有若無。似乎可以為醉翁解嘲了。不過話又說回來，歐陽修的詞一起頭就分明說「晴空」，那裏來的「煙雨」？

其實，歐陽修的近視是一點不假的。蘇轍曾經說過這話：「歐陽文公一目五行，是我親眼見到的。他還是個近視呢。若不近視，那還了得！」（大意如此。見蘇籀〈欒城先生遺言〉一書）

「誰念玉關人老」

宋神宗元豐（西元一〇七八—一〇八五年）年間，蔡挺（字子正，西元一〇一四—一〇七九年）從中書省的朝官出鎮平陽（今山西臨汾縣）防守西北邊陲。過了數年，很想回朝，於是作了一首〈喜遷鶯〉詞云：

霜天秋曉，正紫塞故壘，黃雲衰草。漢馬嘶風，邊鴻叫月，隴上鐵衣寒早。劍歌騎曲悲壯，道盡君恩須報。塞垣樂，盡櫜鞬錦領，山西年少。談笑，刁斗靜，烽火一把，時報平安耗。聖主憂邊，威懷遐邇，驕寇尚寬天討。歲華向晚愁思，誰念玉關人老。太平也，且歡娛，莫惜金樽頻倒。

這時，皇帝派了一個「中使」（皇帝派身邊親信的宦官為使節）來到平陽。在款宴席上，蔡挺叫伶人唱出這首詞，因而傳到了宮廷。神宗對「知樞密」（等於副宰相）呂公著說：「蔡挺想回來了。」於是下詔將他召回中書省。後來官至資政殿學士，封開國侯。

蘇東坡的「春庭月午」詞

蘇東坡知潁州，正月間廳前梅花盛開，月色皎潔。他的夫人王氏說：「人都盛稱秋月。其實秋月那有春月好——秋月令人悽慘，春月令人和悅。如此良宵，何不叫趙德麟（趙令時，字德麟，皇族宗室。著有〈侯鯖錄〉一書。是蘇軾的屬僚兼文友）來這裏賞月飲酒？」東坡高興地說：「我還不知道你會做詩哩！這樣的話只有詩人才說得出來。」於是邀趙令時過來小飲。又用王夫人的意思寫了一首減字〈木蘭花〉詞，詞云：

春庭月午，搖落春醪光欲舞。步轉迴廊，半落梅花婉娩香。輕風薄霧，都是少年行樂處。不似秋光，只共離人照斷腸。

韓世忠晚年作詞

韓世忠出自行伍，早年未曾讀書。為將以後，自學頗勤。到了晚年，居然也知書識字，懂得填詞。有一天，孫仲虎尚書在所居的「香林園」宴客，世忠不請自來，盡醉而歸。第二天，他致送美酒羊羔作為回禮。並且手書兩闋詞贈給孫尚書。一首是〈臨江仙〉，詞云：

冬日青山瀟灑靜，春來山暖花濃。少年衰老與山同。世間名利客，富貴與窮通。榮華不是長生藥，清閒不是死門風。勸君識取主人公。單方只一味，盡在不言中。

另外一首〈南鄉子〉云：

人生有幾多般，富貴榮華總是閒，自古英雄全是夢，為官。寶玉妻兒宿業纏。 年事已衰殘。鬢髮蒼蒼骨髓乾。不道山林多好處，貪歡。只恐癡迷誤了賢。

李清照的「人比黃花瘦」

女詞人李清照有〈醉花陰〉詞云：

薄霧濃雰愁永晝，瑞腦噴金獸。佳節又重陽，寶枕紗櫥，半夜涼初透。 東籬把酒黃昏後，有暗香盈袖。莫道不銷魂，簾捲西風，人比黃花瘦。

他的夫婿趙明誠看了，自愧不如，卻又仍不服氣。於是窮三天三夜之力，忘餐廢寢，作成了十五闋詞，將李清照這首糝雜在其中，拿去給好友陸德夫看。陸德夫吟誦再三，然後說：「您這些作品都可說上乘之作。尤其是『莫道不銷魂』三句，更可說『絕妙好詞』。」

謝逸的〈江城子〉

謝逸，字無逸，臨川人。曾在關山（今陝西省隴縣西）杏花村驛館題有一闋〈江城子〉，詞云：

杏花村館酒旗風。水溶溶，颺殘紅。野渡舟橫，楊柳綠陰濃。望斷江南山色遠，人不見，草連空。

夕陽樓下晚煙濃。粉香融，淡眉峰，記得年時相見畫屏中，只有關山今夜月，千里外，素光同。

過往的人士見到，常向館卒索取筆墨抄錄。館卒不勝其煩，就用泥漿將壁上的這首詞塗抹掉了。

宋祁的〈鷓鴣天〉

宋仁宗時，少年才俊的宋祁為翰林學士，大家稱他為「小宋」（其兄宋郊，稱「大宋」）。有一天，他行經汴京的繁臺街，有一輛宮車從身邊駛過，車中的女子掀開車簾向外面探視一下，然後說：「原來是小宋！」宋祁聽到了，受寵若驚。回到家裏，就作了一首〈鷓鴣天〉詞云：

畫轂雕鞍狹路逢，一聲腸斷繡簾中。身無彩鳳雙飛翼，心有靈犀一點通。金作屋，玉為籠，車如流水馬如龍。劉郎已恨蓬山遠，更隔蓬山幾萬重！

這首詞與小宋邂逅宮女的事傳到了宮中，仁宗查問。有一個宮女自陳：前些時她在宮中隨侍御宴，皇上有旨宣召翰林學士。左右的內臣有人說，「宣召小宋」。少頃宋祁來到御前，因此認得。車中偶遇，不覺叫出一聲。仁宋聽了，召宋祁進宮，笑對他說：「蓬山不遠。」於是將那個宮女賜給了他。

毛澤民的〈惜分飛〉

蘇軾知杭州（宋代的州縣等地方官吏，都以朝官的名義「權知」。此時蘇氏的官銜是「龍圖閣直學士知杭州事」）時，府中有個毛澤民，任「法曹」之職。他任期屆滿，即將離去。臨走前作了一首〈惜分飛〉詞贈送給相好的官妓瓊芳，詞云：

淚濕欄干花著露，愁到眉峰碧聚。此恨平分取。更無言語空相覷。　細雨殘雲無意緒，寂寞朝朝暮暮。今夜山深處，斷魂分付潮回去。

有一天，東坡宴客，歌妓唱出這首詞。東坡問是誰人所作，歌妓說是新卸任的毛法曹。東坡道：「往日郡僚中有這樣的一位詞人，我竟失之交臂！」於是立刻派人將他追回，留在府中款待了好幾個月才讓他離去。

蘇軾的〈詠梅〉詞

玉骨那愁瘴霧，冰肌自有仙風。海風時過探芳叢，倒掛綠毛么鳳（廣南有一種綠毛丹喙的小鳥，常倒掛在樹枝上棲息。土人呼為「倒掛子」。見莊季裕〈雞肋篇〉）。　素面翻嫌粉涴，洗妝不退唇紅。高情已逐曉雲空，不與梨花同夢！

這是蘇東坡作的詠梅花詞，調寄〈西江月〉。據傳這首詞實際上是悼念他的愛妾朝雲而作。

朝雲姓王，本是杭州的名妓，能歌善舞。嫁給東坡之後，洗盡鉛華，學書奉佛。蘇軾獲罪貶斥，侍姬們大都紛紛散去，只有她相隨到惠州。東坡心存感激，贈詩有「不似楊枝別樂天，恰如通德伴伶元」之句。可惜她到惠州後未久就病死，年只三十。

周邦彥的〈少年遊〉

宋徽宗常微服臨幸汴京名妓李師師家。一個深夜，愛作狹斜遊的秘書監周邦彥正逗遛在李師師的香閨裏，忽然外面傳報徽宗來到，倉卒中他只得躲在床下。

徽宗進得房來，從懷中拿出幾顆金黃的橙子，說是江南新進貢的。於是師師給他剖橙。兩人笑謔，都給邦彥聽到。第二天回到家裏，做了一首〈少年遊〉，詞云：

并刀如水，吳鹽勝雪，纖手破新橙。錦幄初溫，獸香不斷，相對坐調箏。低聲問：向誰行宿，城上已三更。不如休去，直是少人行。

後來，師師唱出這闋小詞，徽宗聽到，問知是邦彥之作，勃然大怒，將他貶斥出都。

又過了兩天，徽宗再到師師家，適逢她外出。直到初更時，才看到她含著眼淚回來。徽宗問故，她奏道：「邦彥得罪去國，臣妾念在相識一場，給他餞別，因而遲回。」徽宗問：「邦彥在席上可曾有詩詞？」師師說：「他很後悔，做了一首〈蘭陵王〉詞。」徽宗叫她唱一遍。師師奉上了一杯酒，唱道：

柳條直，煙裏絲絲弄碧。隋堤上，曾見幾番，拂水飄綿送行色。登臨望故國，誰識京華倦客！長亭路，年去歲來，應折柔條過千尺。閒尋舊跡，又酒趁哀絃，燈映離席。梨花榆火催寒食，愁一帆風快，半篙波暖，回頭迢遞便數驛。望人在天北，悽惻！恨堆積，漸別浦縈迴，津堠岑寂。斜陽冉冉春無極，記月榭攜手，露橋聞笛。沉思前事，似夢裏，淚暗滴。

徽宗聽了，又生憐才之心。於是再召回邦彥，授他為「大晟（宋徽宗時所制定的「雅樂」）樂正」。

宋徽宗的杏花詞

靖康之禍，徽、欽二帝被俘北去。徽宗在北國做了一首〈詠燕山亭杏花〉詞，淒清悲切，昔人以為髣髴與南唐李後主亡國後之作相似。詞云：

裁剪冰綃，輕疊數重，冷淡胭脂勻注。新樣靚妝，豔溢香融，羞殺蕊珠宮女。易得凋零，更多少無情風雨！愁苦，閒院落淒涼，幾番春暮。憑寄離恨重重，這雙燕，何曾會人言語！天遙地遠，萬水千山，知他故宮何處？怎不思量，除夢裏有時曾去。無據，和夢也有時不做！

俞國寶的〈風入松〉

淳熙（西元一一七四——一一八九年）年間，御舟經過西湖斷橋。孝宗偶然進入酒肆，看到屏風上題有一首〈風入松〉詞云：

一春常費買花錢，日日醉湖邊。玉驄慣識西湖路，驕嘶過沽酒樓前。紅杏香中歌舞，綠楊影裏秋千。　暖風十里麗人天。花壓鬢雲偏。畫船載得春歸去，餘情付，湖水湖煙。明日重攜殘酒，來尋陌上花鈿。

孝宗極為讚賞，又說：「『重攜殘酒』未免有些寒酸，不如改作『重扶殘醉』！」問知是太學生俞國寶之作，當日就召見給他「釋褐」（授以官職）。

張淑芳的〈更漏子〉

南宋理宗甄選宮嬪，初選的民女中，有一個張淑芳，是杭州的樵家女。貌美而且通曉文墨。奸相賈似道將她隱匿為妾。

賈似道事敗後，淑芳削髮為尼，栽花種竹以終餘年。她有一首〈更漏子〉詞云：

墨痕香，燈下淚，點點愁人幽思。桐花落，蓼花殘，雁聲天氣寒。　雲棲月，青溪塢，待到秋來更苦。風淅淅，水盈盈，淙淙激不平。

曾覿中秋詠月詞

南宋淳熙九年（西元一一八二年）的中秋之夜，孝宗去向退居於德壽宮的太上皇（原來的高宗）賀節。太上皇非常高興，在宮中的香遠堂設宴，款留「兒皇帝」一同賞月。香遠堂之東有萬歲橋，占地十餘畝的荷花池，遍植「千葉白蓮」。當南岸的女樂演奏暫歇的時候，太上皇召他最寵愛的劉妃獨吹玉笙。侍宴的詞臣曾覿呈獻〈百字令〉詞，詞云：

素飆漾碧，看天衢，穩送一輪明月。翠水瀛壺人不到，似此世間秋別。玉手瑤笙，一時同色。小接霓裳疊，天津橋上，有人偷記新闋。當日誰幻銀橋，阿瞞兒戲，一笑成癡絕。肯信群仙高宴處，移下水晶宮闕。雲海塵清，山河影滿，桂冷吹香雪。何勞玉斧，千古金甌無缺。

太上皇聽了大喜，說道：「從來詠月的詞，不曾有人用過『金甌』的典故。這首詞可說是新奇。」於是賞給了玉帶、水晶盤等珍物。孝宗也有賞賜。直到夜深，盡歡而罷。

事實上，那個年代偏安江左，北伐無功。卻大言不慚地說是「金甌無缺」，真是「直把杭州作汴州」——宜乎曾覿在〈宋史〉中列入〈佞倖傳〉！

李璮的〈水龍吟〉

南宋末年，蒙古破金。金將李全歸宋。後來又叛變，與蒙古表裏相應，終於敗死。但他的兒子李璮卻始終為宋盡力，迥異於他父親的行徑。

李璮有一闋〈水龍吟〉詞云：

腰刀首帕從軍，戍樓獨倚閒凝眺。中原氣象，狐居兔穴，暮煙殘照。投筆書懷，枕戈待旦，隴西年少。嘆光陰掣電，易生髀肉，不如易腔改調。世變滄海成田，奈羣生，幾番驚擾。干戈爛漫，無時休息，憑誰驅掃！眼底山河，胸中事業，一聲長嘯，太平時，相將近也，穩穩百年燕趙。

詞中一種豪放忠義之氣，千載之下讀之，仍足以令人凜然起敬。

王昭儀的〈滿江紅〉

元兵入臨安，宮中有個叫王清惠的「昭儀」，隨謝、全兩后被擄赴北。她在驛壁題了一首〈滿江紅〉詞，道盡了一個弱女子的亡國之恨。詞云：

太液芙蓉，渾不是舊時顏色。曾記得承恩雨露，玉樓金闕。名播蘭簪妃后裏，暈潮蓮臉君王側。忽一朝，鼙鼓揭天來，繁華歇。　龍虎散，風雲滅。千古恨，憑誰說。對山河百二，淚沾襟血。驛館夜驚塵土夢，宮車曉碾關山月。願嫦娥，相顧肯從容，隨圓缺。

她到達元人的「上都」後，出家為女道士，道號沖華。

謝希孟的別妓詞

理學大師陸九淵（號象山）有個高足叫作謝希孟，多才而風流成性，與一個姓陸的妓女要好。象山責備他，他雖然認過，但仍我行我素，並且給那個妓女蓋了一座「鴛鴦樓」，所費不貲。象山知道了，叫他前來，責問得更是聲色俱厲。希孟說：「我不但給她蓋樓房，還做了一篇記哩！」象山素來欣賞他的文才，不覺好奇地問：「樓記怎麼說？」希孟說：「是這樣起頭的：『自遜、抗、雲、機（陸遜、陸抗父子，三國時東吳名將。陸抗之子陸機、陸雲兄弟，是晉初名士。）之死，天地英靈之氣，不鍾於男子而鍾於婦人』。」象山雖然受侮，卻也奈何他不得。

直到有一天，住在陸姓妓女家的謝希孟忽然覺悟，頓起歸念，不告而行。船已待發，妓女追到了江邊，悲啼不已。希孟取下了她的領巾，在上面寫了一首〈生查子〉送給他，揮手而去。詞云：

雙槳浪花平，夾岸青山鎖。你自歸家我自歸，說著如何過。　我斷不思量，你莫思量我。將你從前對我心，對待他人可。

陸放翁在蜀的〈玉蝴蝶〉詞

陸放翁在蜀多年。曾任夔州通判；又先後在川陝宣撫使王炎與四川制置使范成大的幕府供職。這段期間，他縱酒賭博，又馳馬射獵。這樣豪放不拘禮法的生活，卻並沒有妨害他的吟詠。他是中國文學史上有數的多產詩人之一，其中在蜀之作，占了很大的比重。

他在川東時有一闋〈玉蝴蝶〉詞云：

倦客生平行處，墜鞭京洛，解佩瀟湘。此夕何年，初賦宋玉高唐。繡簾開，香塵乍起；蓮步穩，銀燭分行。暗端相，燕羞鶯妒，蝶繞蜂忙。難忘，芳樽頻勸，峭寒新退，玉漏猶長。幾許幽情，只愁歌罷月侵廊。欲歸時，司空笑問；微近處，丞相嗔狂。斷人腸，假饒相送，上馬何妨。

真是寫盡那個時代高官們的盛會綺筵中，酒綠燈紅，徵歌逐舞的盛況！

陸放翁的感舊詞

陸放翁自蜀東歸後，曾作過一闋調寄〈鵲橋仙〉的感舊詞。詞云：

華燈縱博，雕鞍馳射，誰記當年豪舉。酒徒一半取封侯，獨去作江邊漁父。輕舟八尺，低篷三扇，占斷蘋洲煙雨。鏡湖元自屬閒人，又何必官家賜與。

詞中所說的鏡湖（又稱「鑑湖」，在今浙江紹興城南），就是他晚年卜居之所。

蘇東坡「醉眠芳草」

蘇東坡在黃州（治今湖北黃岡縣）時，偶於春夜乘醉趁著月色騎馬沿蘄水而行。到了一座溪橋旁，卸下馬鞍，曲肱小寐。不知不覺竟睡到了天明。張眼一看，四周亂山蔥蘢。只有數聲杜鵑，劃破寂寥，大有「何似在人間」的景象。於是作了一闋〈西江月〉詞：

照野瀰瀰淺浪，橫空曖曖微霄。障泥未解玉驄驕，我醉欲眠芳草。
可惜一溪明月，莫教踏碎瓊瑤。卸鞍欹枕綠楊橋，杜宇數聲春曉。

蘄水縣的名流楊菊廬因東坡這首詞而在水邊建了一座「春曉亭」。一時風雅之士多有題詠，成為佳話。

秦少游的夢中詞

秦少游（觀）曾經夢到一處山溪，醒後做了一首〈好事近〉詞。詞云：

山路雨添花，花動一山春色。行到小溪深處，有黃鸝千百。飛雲當面化龍蛇，夭矯掛晴碧。醉臥古籐陰下，杳不知南北。

宋哲宗時他因「黨籍」案貶官到雷州（今廣東海康縣）。徽宗即位，放還北歸，行到藤州（今廣西藤縣）光華亭下。宿酒初醒，看到四周的景物，髣髴昔日夢中所見。拿杯子舀了一杯泉水還沒有來得及喝，就微笑而逝。

晏殊的〈浣溪紗〉

一曲新詞酒一杯，去年天氣舊亭臺，夕陽西下幾時回？無可奈何花落去，似曾相識燕歸來。小園香徑獨徘徊。

這是晏殊的一闋〈春恨〉詞，調寄〈浣溪紗〉。至今膾炙人口。

官拜集賢殿學士的晏殊，由汴京前往杭州。道經揚州，在大明寺休息，看到壁間題詩很多。他與一個隨從繞殿而行，自己半閉著眼睛，叫隨從朗誦壁間的詩詞，不說出作者的姓名。唸了許多，他都不待終篇就止住了。直到唸出一首詩云：

水調隋宮曲，當年亦九成。哀音已亡國，廢沼尚留名。儀鳳終陳跡，鳴蛙只廢聲。
淒涼不可問，落日背蕪城。

這才問作者姓名。原來是一個當時任江都縣尉的王琪所作。晏殊讚賞不置，邀請他來共飲，談論詩文，非常投機。晏殊說到詩詞對仗求工不易。他很久以前有句云，「無可奈何花落去」，至今還沒有對得上。王琪應聲說：「何不對『似曾相識燕歸來』？晏殊大喜，於是寫成了前面這首〈浣溪紗〉。」

「國事如今誰仗倚」

文本心，劍南綿州（今四川綿陽縣）人，登進士第後遊覽西湖。有朝士問他：「西蜀有這樣的風景否？」一言下露出十分得意的神色。本心深為感慨，即席作了一首〈賀新郎〉以見志。詞云：

一勺西湖水，渡江來，百年歌舞，百年酣醉。回首洛陽花世界，煙渺黍離之地。更不復新亭墮淚。簇樂紅妝搖畫舫，問中流擊楫何人是？千古恨，幾時洗？余生自負澄清志。更有誰，磻溪未遇，傅巖未起。國事如今誰仗倚？衣帶一江而已，便都道江神堪恃。借問孤山林處士，笑指梅花蕊。天下事，可知矣！

「竊取金杯作照憑」

宣和年間，汴京城元宵燈會，士女如雲。徽宗親臨，賞賜每人一杯酒。有一個婦女飲罷，偷藏了一隻賜酒的金杯。被衛士發覺，押到御前。那個婦女作了一首〈鷓鴣天〉辯解，詞云：

月滿蓬壺燦爛燈，與郎攜手至端門。貪觀鶴陣笙簫舉，不覺鴛鴦失卻群。天漸曉，感皇恩，傳宣賜酒飲杯巡。歸家惟恐公姑責，竊取金杯作照憑。

徽宗見他有這樣的才情，不但不加罪，還將金杯賜給了她，並且叫衛士護送她回家。

陸游的〈釵頭鳳〉

陸游初娶唐氏女，夫妻非嘗恩愛，但不為陸母所容。陸游只得順從母意將他「休」了，並再娶妻室。但卻另外給他安置住處，仍舊暗中往來。未久又被陸母發現了，只得完全斷絕關係。

後來唐氏改嫁同郡的宗室趙士程。春日郊遊，與陸游相遇於禹跡寺南的沈園（其地應在今紹興城南）。唐氏告訴她後夫，致送酒肴。陸游悵然久之，作了一闋〈釵頭鳳〉：

紅酥手，黃藤酒，滿城春色宮牆柳。東風惡，歡情薄，一懷愁緒，幾年離索。錯錯錯！　春如舊，人空瘦，淚痕紅浥鮫綃透。桃花落，閒池閣，山盟雖在，錦書難託。莫莫莫！

又過了些時，唐氏怏怏病歿。放翁重遊沈園，撫今思昔，又作詩云：

落日城頭畫角哀，沈園非復舊亭臺。傷心橋下春波碧，曾見驚鴻照影來。

「料想伊家不要人」

有個士人叫作范仲允，遊宦外郡，在相州（治今河南安陽）為錄事，久久不歸。他的妻子寄了一闋〈伊川令〉的小詞給他，詞云：

西風昨夜穿簾幕，閨院添蕭索。最是梧桐零落。迤邐秋光過卻。人情音信難託。
教奴獨自守空房，淚珠與燈花並落。

她將「伊」字誤寫作「尹」字，仲允答詞嘲笑，有「料想伊家不要人」之句。范妻再答以詩云：

閒將小書作尹字，情人不解其中意。共伊間別幾多時，身邊少個人兒睡。

蘇東坡的〈洞仙歌〉

蘇東坡七歲時，在故鄉眉山遇到一個九十餘歲的老尼姑。她說：昔年曾跟隨其師進入蜀王宮中。時值盛暑，蜀王孟昶和花蕊夫人夜起，在宮中的摩訶池上避暑。孟昶做了一闋詞，外間沒人知道，老尼姑卻還記得並背誦出來。

四十年後，老尼圓寂已久，東坡只記得起頭兩句云：「冰肌玉骨，自清涼無汗。」因揣想原詞大約是一闋〈洞仙歌〉的調子，因而補續成為全詞。詞云：

冰清玉骨，自清涼無汗。水殿風來暗香滿。繡簾開，一點明月窺人；人未寢，欹枕釵橫鬢亂。起來攜素手，庭戶無聲，時見疏星度河漢。試問夜何如，夜已三更，金波淡。玉繩低轉。細屈指，西風幾時來？又不道，流年暗中偷換。

辛稼軒的〈西江月〉

堂上謀臣尊俎，邊頭將士干戈。天時地利與人和，燕可伐歟曰可。　今日樓臺鼎鼐，明年帶礪山河。大家齊唱大風歌，不日四方來賀。

這是辛稼軒的一首〈西江月〉詞。

南宋乾道年間（西元一一六五—一一七三年），金國初亂。稼軒與耿京在山東起義。耿京敗死，棄疾率數千人歸宋。他那時看出金國有必亡之勢，建言朝廷整軍經武，以為北伐之計。可惜朝中那時竟無憂國遠謀之士，以致他的壯志成空。這首詞正是他歸宋後早期之作。

辛稼軒的晚年之作

辛棄疾為人豪爽，重氣節，善治軍，又風雅多才。他所作的詞，悲壯激昂，無人能比。晚年之作，更是蒼涼多感。

他為江陵知府時，每次宴會，總是叫歌女唱他所作的一首〈賀新郎〉詞。詞云：

甚矣吾衰也！悵平生，交遊零落，只今餘幾？問何物，能令公喜？我見青山多嫵媚，料青山，見我應如是。情與貌，略相似。　一尊搔首東窗裏，想淵明，停雲詩就，此時風味。江左沈酣求名者，豈識濁醪妙理！回首叫，紫雲飛起。不恨古人今不見，恨古人，不見吾狂耳！知我者，二三子。

歌罷，他滿飲一杯，向座客笑問道：「如何？」十分表露出此老的狂態。

稼軒退閑之後，又有一闋〈鷓鴣天〉云：

壯歲旌旗擁萬夫，錦襜突騎渡江初。燕兵夜娖銀胡觮，漢箭朝飛金僕姑。思往事，歎今吾。春風不染白髭鬚。卻將萬字平戎策，換得東家種樹書。

詞中說盡了「烈士暮年，壯心不已」的心境。辛氏身歿後，家無餘財，只留下幾冊手稿。

蘇東坡在杭所作的中秋詞

蘇軾從史館外放到杭州為通判（知州的佐貳），心中抑鬱不樂。又兼兄弟暌違日久，中秋月夜獨酌，更覺淒清。作了一闋詞寄給遠在睢陽（今河南商邱縣南）的蘇轍，調寄〈西江月〉。詞云：

世事一場大夢，人生幾度新涼。夜來風葉已鳴廊。看取眉頭鬢上。　酒賤常愁客少，月明多被雲妨。中秋誰與共孤光？把琖淒涼北望。

秦少游的〈千秋歲〉

秦少游在元祐初年，以「黨籍」案從國史館編修官貶到處州（今浙江麗水縣）監酒稅。他在晚春時遊府治的南園；作了一闋〈千秋歲〉，詞云：

水邊沙外，城郭春寒退。花影亂，鶯聲碎。飄零疏酒盞，離別寬衣帶。人不見，碧雲暮合空相對。　憶昔西池會。鵷鷺同飛蓋。攜手處，今誰在？日邊清夢斷，鏡裏朱顏改。春去也，落紅萬點愁如海。

一說這首詞是少游在衡陽時所作。未知孰是？

直言誤人

宋徽宗即位之初，下詔求直言。於是很多臣民在上書或是廷試對策的時候，都紛紛直言朝政的弊病。但結果是，好些人仍不免於蒙上毀謗的罪名而受責。汴京因而有人作謔詞云：

當初親下求賢詔，引得都來胡道。人人招是駱賓王，並洛陽年少。自訟監宮與岳廟（宋制：文臣罷職後，掛名主管道教宮觀。支領「祠祿」，並不管事。各岳廟也屬道觀。），都一時閒了。誤人多是誤人多，誤了人多少！

宣和末年的小詞

宋徽宗宣和五年（西元一一二三年），金人歸還燕京與涿、易、檀、順、景、薊等六州的土地，朝野相慶。但汴京當時流行一首小詞：

喜則喜，得入手；愁則愁，不長久；怯則怯，我倆個相守；怕則怕，人來破鬭。

沒有多久，果然發生「靖康之禍」，金人入寇，徽、欽二帝被俘北去。

「預借元宵」

宋徽宗迷信道教符籙，愛行樂。宣和四年（西元一一二二年）冬，出了個預借元宵的點子，提前舉行盛大燈會。當時有人作詞諷刺云：

太平無事，四邊寧靜狼煙眇。國泰民安，漫說堯舜禹湯好。萬民翹望綵都門，龍燈鳳燭相照。只聽得，教坊雜劇歡笑。美人巧。寶籙宮前，咒水書符斷妖。更夢近，竹林深處勝蓬島。笙歌鬧。奈吾皇，不待元宵景色來到。只恐後月陰晴未保！

第二年中秋後，徽宗在苑中賦晚景詩有句云：「日映晚霞金世界」。到了冬天，金人開始大舉興兵侵宋。兩年後，金人入汴京，俘徽、欽二帝北去。「金世界」一語竟成「詩讖」。

邢俊臣的〈臨江仙〉

宋徽宗時，汴京有個叫作邢俊臣的貴戚，有捷才而且滑稽。善作〈臨江仙〉詞，末尾一定借用兩句唐詩。他經常出入宮禁，頗為徽宗所喜愛。

徽宗在宮中大興土木，起庭園。遠從江南採運花木奇石，水運從江、淮直入汴水，叫作「花石綱」。最大的石頭叫做「神運石」，一塊石頭要連接數十艘大船載運。運抵汴梁，纍成一座「艮嶽萬壽山」。徽宗很得意，叫邢俊臣以「高」字為韻，做一首〈臨江仙〉。俊臣順口吟成，末尾云：「巍峨萬丈與天高。物輕人意重，千里送鵝毛。」接著又從江南運到一株南朝陳代的檜木，高五六丈，圍大九尺，枝杈蓋地數百步。徽宗叫他吟詠，以「陳」為韻。他做的詞收尾是：「遠來猶自憶梁陳。江南無好物，聊贈一枝春。」

像這一類的詞句，雖語帶譏刺，但徽宗都容忍不加罪於他。

宦官梁思成，恃寵專權，不可一世。卻也附庸風雅，愛作詩。有一次，他呈獻了一首詩，徽宗稱善，對俊臣說：「你要做首詞讚美他，用『詩』字韻。」俊臣口吟一闋，結尾是：「只緣勤苦作新詩。吟成一個字，撚斷數莖髭。」——宦官那來的髭鬚！徽宗聽了大笑。卻把個旁邊的梁師成恨得牙癢。於是邢俊臣被貶逐為越州鈐轄（州郡管兵馬的官職）。

越州的知州素聞其名，於他新到任時設酒筵接風。席間有個官妓，肌膚雪白，但頗有狐臭，他作詞云：「酥胸露出白皚皚。遙知不是雪，為有暗香來。」另有一個舞娘，身體肥胖。他又作詞云：「只愁歌舞罷，化作彩雲飛。」待到席散回住處時，各處燈火多已熄滅。第二天，他作詞呈給知州：「捫窗摸戶入房來。笙歌歸院落，燈火下樓臺。」

諸如此類，信手拈來，層出不窮。也可說是「滑稽之雄」了。

嘲「經量」詞

南宋末年，蒙古不斷入侵。國土日蹙，田賦日減，軍費卻相反地日增。於是宰相賈似道先後實行「推排打量法」、「經量法」等措施。意在發掘隱藏的田畝，增加賦稅收入。就政策而論，並無可厚非。但當時所受到來自地主階層的抗力卻異常大。有人作詞諷刺這項施政云：

宰相巍巍坐廟堂，說著經量，便要經量。那個臣僚上一章，頭說經量，尾說經量。

輕狂太守在吾邦，聞說經量，星夜經量。山東河北又拋荒，好去經量，胡不經量？

又有詩云：

失淮失蜀失荊襄，卻把江南寸寸量。一寸縱教添一丈，也應不是舊封疆！

這些都還不算，最刻薄的是另一首打油詩：

大成殿下水漫漫，堂上盡是經量官。孔子回頭責孟子：是爾說出許多般。

（孟子對滕文公問，陳「正經界，分田制祿」之政。見〈孟子・滕文公上篇〉）

更足令人噴飯。

「好擺頭時便擺頭」

宋高宗紹興三十一年（西元一一六一年），金使來宋「修好」。宋派洪邁赴金報聘、入境之初，洪邁與「館伴」（受訪國派出陪伴來使的官員）約好，雙方用「敵國禮」（對等的禮儀）。於是沿途的表章，洪邁都用平行的格式行文。但是立刻都被退回，要求仍按原約（紹興十一年訂約，宋對金稱臣）。洪邁不肯。不料金人閉鎖驛館，斷絕供饋。洪邁與隨員們挨了一天餓，只得屈服，改換稱臣的文書，然後才得食。

洪邁素有「頭風」的毛病，頭常向後微擺。回國後有個太學生作了一闋〈南鄉子〉詞譏諷道：

洪邁被拘留，稽首垂哀告彼酋。一日忍飢猶不耐，堪羞！蘇武爭禁十九秋？　厥父既無謀（洪邁父洪皓，於建炎三年使金，被扣留十五年後返宋），厥子安能解國憂？萬里歸來誇舌辯，村（吹？）牛！好擺頭時便擺頭！

國家圖書館出版品預行編目

唐詩宋詞逸事 / 路人著.-- 一版.-- 臺北市
: 秀威資訊科技, 2008.12
面； 公分.-- (語言文學 ; PG0213)
BOD 版
ISBN 978-986-221-118-2(平裝)

1. 唐詩 2. 宋詞 3. 軼事

820.9104 97021595

語言文學類 PG0213

唐詩宋詞逸事

作　　者 / 路人
發 行 人 / 宋政坤
執行編輯 / 賴敬暉
圖文排版 / 姚宜婷
封面設計 / 蕭玉蘋
數位轉譯 / 徐真玉　沈裕閔
圖書銷售 / 林怡君
法律顧問 / 毛國樑　律師
出版發行 / 秀威資訊科技股份有限公司
台北市內湖區瑞光路 583 巷 25 號 1 樓
電話：02-2657-9211　　傳真：02-2657-9106
E-mail：service@showwe.com.tw

2008 年 12 月 BOD 一版
定價：140 元

讀者回函卡

感謝您購買本書，為提升服務品質，請填妥以下資料，將讀者回函卡直接寄回或傳真本公司，收到您的寶貴意見後，我們會收藏記錄及檢討，謝謝！

如您需要了解本公司最新出版書目、購書優惠或企劃活動，歡迎您上網查詢或下載相關資料：http:// www.showwe.com.tw

您購買的書名：＿＿＿＿＿＿＿＿＿＿

出生日期：＿＿＿＿年＿＿＿＿月＿＿＿＿日

學歷：□高中（含）以下　□大專　□研究所（含）以上

職業：□製造業　□金融業　□資訊業　□軍警　□傳播業　□自由業

□服務業　□公務員　□教職　□學生　□家管　□其它＿＿＿＿

購書地點：□網路書店　□實體書店　□書展　□郵購　□贈閱　□其他

您從何得知本書的消息？

□網路書店　□實體書店　□網路搜尋　□電子報　□書訊　□雜誌

□傳播媒體　□親友推薦　□網站推薦　□部落格　□其他＿＿＿＿

您對本書的評價：（請填代號　1.非常滿意　2.滿意　3.尚可　4.再改進）

封面設計＿＿＿　版面編排＿＿＿　內容＿＿＿　文／譯筆＿＿＿　價格＿＿＿

讀完書後您覺得：

□很有收穫　□有收穫　□收穫不多　□沒收穫

對我們的建議：＿＿＿＿＿＿＿＿＿＿

請貼
郵票

11466
台北市内湖區瑞光路 76 巷 65 號 1 樓
秀威資訊科技股份有限公司 收
BOD 數位出版事業部

....

（請沿線對折寄回，謝謝！）

姓　　名：____________________　年齡：________　性別：□女　□男

郵遞區號：□□□□□

地　　址：____

聯絡電話：(日) ________________________ (夜) ________________________

E-mail：____